GILLIAN FLYNN
EL ADULTO

Traducción de Óscar Palmer

RESERVOIR BOOKS

Título original: *The Grownup*

Primera edición: octubre de 2018

© 2014, Gillian Flynn
© 2018, Penguin Random House Grupo Editorial, S. A. U.
Travessera de Gràcia, 47-49. 08021 Barcelona
© 2018, Óscar Palmer, por la traducción

Esta traducción ha sido publicada por acuerdo con Crown Publishers,
sello de the Crown Publishing Group, división de Penguin Random House LLC.
Este título fue originalmente publicado en la antología Rogues,
editada por George R.R. Martin y Gardner Dozois, de Bantam Books,
sello de Random House, división de Penguin Random House LLC en 2014.

Printed in Spain – Impreso en España

ISBN: 978-84-17125-93-6
Depósito legal: B-16.635-2018

Compuesto en La Nueva Edimac, S.L.
Impreso en Limpergraf (Barberà del Vallès, Barcelona)

RK 25936

Penguin
Random House
Grupo Editorial

*Para David y Ceán;
estáis muy enfermos.*

No dejé de hacer pajas porque no se me diera bien. Dejé de hacer pajas porque era la que mejor las hacía.

Durante tres años, hice las mejores pajas en el área de los tres estados. La clave está en no pensar demasiado. Si empiezas a preocuparte por cuestiones técnicas, si te paras a analizar el ritmo y la presión, pierdes la naturaleza esencial del acto. Tienes que prepararte mentalmente de antemano y luego dejar de pensar, confiar en tu cuerpo y dejar que se haga cargo.

Básicamente, es como un buen swing de golf.

Me dedicaba a cascársela a los tíos seis días a la semana, ocho horas al día con una pausa para el almuerzo, y siempre tenía la agenda completa. Me tomaba dos semanas de vacaciones al año y nunca trabajaba en esas fechas, porque las pajas vacacionales son tristes para todos los implicados. En poco más de tres años, calculo que eso vienen a ser unas 23.546 pajas. De modo que no le hagáis caso a la guarra de Shardelle cuando dice que lo dejé porque no tenía talento.

Lo dejé porque cuando has hecho 23.546 pajas en un periodo de poco más de tres años, el síndrome del túnel carpiano pasa a ser un problema muy real.

Llegué a mi oficio de manera honesta. Quizá «de manera natural» sería un mejor modo de expresarlo. Mi vida nunca se ha caracterizado por hacer las cosas con honestidad. Fui criada en la ciudad por una madre tuerta (la frase con la que empezaré mis memorias) y no puedo decir que fuera una mujer agradable. No tenía un problema con las drogas ni con la bebida, pero sí que lo tenía con el trabajo. No he conocido en mi vida tía más vaga. Dos veces por semana, salíamos a las calles del centro a pedir limosna, pero como mi madre odiaba estar de pie, abordaba el proceso como una auténtica estratega. El objetivo era conseguir el máximo dinero en el menor tiempo posible para volver cuanto antes a casa y comer Tigretones mientras veíamos programas de telerrealidad judicial sentadas en nuestros colchones rotos, entre las manchas. (Eso es lo que mejor recuerdo de la mayor parte de mi infancia: las manchas. Sería incapaz de describiros el color del ojo de mi madre, pero sí os puedo decir que la mancha de la moqueta era de un marcado marrón caldoso, las manchas del techo eran de un naranja requemado y las manchas de la pared eran de un amarillo vibrante, como el de una meada de resaca.)

Mi madre y yo nos disfrazábamos para hacer el papel. Ella tenía un bonito vestido de algodón, ajado y descolorido, pero que proclamaba decencia a raudales. A mí me endilgaba cualquier prenda que se me hubiera quedado pequeña. Nos sentábamos en un banco y nos centrábamos en la gente adecuada a la que mendigar. Un apaño bastante sencillo. La primera opción son los autobuses de excursiones parroquiales. Los parroquianos locales se limitan a remitirte a la iglesia. Los de fuera, por lo general, se sienten obligados a ayudar, sobre todo a una señora tuerta con una cría de cara triste. La segunda opción son las mujeres que van de dos en dos. (Las mujeres que van solas pueden esquivarte con rapidez; un grupo numeroso es demasiado complicado de manejar.) La tercera opción es una mujer sola que tenga una expresión receptiva. Ya sabéis a qué tipo me refiero: la misma mujer a la que vosotros abordáis para preguntar la hora o pedir indicaciones, era la mujer a la que nosotras pedíamos dinero. También a hombres jóvenes que llevasen barba o guitarra. No os molestéis en abordar a hombres trajeados: ese cliché es cierto, son todos unos cretinos. Y pasad también de cualquiera que lleve un anillo en el pulgar. No sé por qué será, pero los hombres con anillo en el pulgar nunca ayudan.

En cuanto a los que escogíamos, no los llamábamos pardillos, ni presas ni víctimas. Los llamábamos «Tony», porque así era como se llamaba mi padre, que nunca supo decirle que no a nadie (aunque asumo que se lo dijo a mi madre al menos en una ocasión: cuando le pidió que se quedara).

En cuanto abordas a un Tony, puedes adivinar en dos segundos el método idóneo para pedirle limosna. Algunos quieren acabar cuanto antes, como si se tratase de un atraco. Espetas: «¿Tesobranunasmonedasparapodercomeralgo?». Otros buscan regodearse en tu desgracia. Solo aflojan la mosca si a cambio les das algo que les haga sentirse bien consigo mismos, y cuanto más triste sea tu historia, mejor se sentirán por haberte ayudado y más dinero sacarás. No les culpo. Si vas al teatro, quieres que te entretengan.

Mi madre se había criado en una granja al sur del estado. Su madre murió al dar a luz; su padre cultivaba soja y solo se ocupaba de ella cuando no estaba muerto de cansancio. Vino a la ciudad para estudiar en la universidad, pero su padre contrajo cáncer, hubo que vender la granja, llegar a final de mes se volvió imposible y tuvo que dejar los estudios. Trabajó como camarera durante tres años, pero entonces llegó su chiquilla, el padre de la chiquilla las abandonó y en menos que canta un gallo... era una de ellos. Los menesterosos. No se sentía orgullosa...

Ya captáis la idea. Aquello era solo el punto de partida. A partir de ahí, puedes ir ampliando la historia. Enseguida te das cuenta de si tu interlocutor quiere oír un rudimentario relato de lucha contra la adversidad, en cuyo caso yo pasaba a ser repentinamente alumna de honor en una distante escuela concertada (es cierto que lo era, pero aquí el quid no está en decir la verdad) y mi madre solo necesitaba dinero para gasolina para poder llevarme hasta allí (en realidad iba yo sola y para ello tenía que tomar tres autobuses). O si la persona quiere una historia de crítica contra el sistema. En tal caso, me veía automáticamente afectada por alguna extraña enfermedad (nombrada en honor del gilipollas con el que mi madre estuviera saliendo en aquel momento: síndrome de Todd-Tychon, mal de Gregory-Fisher) y las facturas médicas nos habían dejado en la ruina.

Mi madre era astuta, pero perezosa. Yo era mucho más ambiciosa. Tenía cantidad de energía y nada de orgullo. A los trece años ya me sacaba en limosnas cientos de dólares al día más que ella, y para cuando cumplí los dieciséis ya había dejado atrás a mi madre, las manchas y la televisión —y sí, el instituto también— para montármelo por mi cuenta. Cada mañana salía y mendigaba durante seis horas. Sabía a quién abordar, durante cuánto tiempo y qué decirle exactamente. Nunca me dio vergüenza. Lo consideraba un intercambio puramente comercial: hacías que una persona se sintiera bien y esta te daba dinero a cambio.

De modo que podréis entender que lo de las pajas me pareciera una progresión natural en mi carrera.

Palmas Espirituales (a mí no me miréis, no fui yo quien le puso nombre al negocio) estaba en un barrio de «Tonys» al oeste del centro. Cartas de tarot y bolas de cristal en el escaparate, sexo suave en la parte de atrás. Me presenté allí en respuesta a un anuncio donde pedían una recepcionista. Resultó que «recepcionista» significaba «prostituta». Mi jefa, Viveca, sí que empezó como recepcionista y actualmente ejerce como genuina lectora de palmas. (Aunque Viveca no es su verdadero nombre; su verdadero nombre es Jennifer, pero la gente no se cree que una Jennifer pueda adivinarte el futuro; una Jennifer podría indicarte qué zapatos deberías comprar o qué mercado ecológico visitar, pero más le vale mantener las manos alejadas de los futuros de otras personas.) Viveca da trabajo a un puñado de pitonisas en la parte delantera del local y dirige una sala pequeña y ordenada en la trasera. Dicha sala parece la consulta de un médico: hay toallitas de papel, desinfectante y una camilla. Las chicas la han atildado con cojines de lentejuelas, cuencos de popurrí aromático y fulares desplegados sobre las pantallas de las lámparas; todas esas cosas que solo podrían interesarle a una chica muy pava. O sea, si yo fuera un tío dispuesto a pagarle a una mujer para que me la pelara, no entraría en el cuarto y diría: «Dios mío, qué matices a aromas de manzana y nuez moscada... ¡rápido, agárrame la polla!». Entraría y hablaría lo mínimo, que es lo que hace la mayoría.

El tío que viene buscando que le hagan una paja es singular. (Y aquí solo hacemos pajas o, por lo menos, yo solo hago pajas; ya estoy fichada por un par de hurtos, estupideces que cometí a los dieciocho, diecinueve, veinte años, que garantizan que nunca jamás me

van a contratar en un trabajo decente, y no necesito un delito grave de prostitución para rematar mi expediente.) El pajillero es una criatura muy distinta al tipo que quiere una mamada o al que quiere follar. Sin duda, para algunos hombres la paja es un primer paso hacia el acto sexual. Pero he tenido cantidad de clientes habituales, y lo único que han querido siempre es que se la cascara. No consideran que una paja sea poner los cuernos. O puede que les preocupen las enfermedades, o que nunca hayan tenido el valor de pedir algo más. Tienden a ser hombres tensos y nerviosos, casados, hombres en puestos de trabajo de nivel medio, en su gran mayoría sin poder de decisión. No estoy juzgando, solo ofrezco mis valoraciones. Quieren que seas atractiva, pero no guarrona. Por ejemplo, en mi vida cotidiana llevo gafas, pero en el cuarto trasero me las quito porque les distraen; se creen que les vas a montar el número de la bibliotecaria sexy y se tensan esperando oír los primeros acordes de una canción de ZZ Top, pero la canción nunca llega y entonces se avergüenzan por haber pensado que ibas a hacer de bibliotecaria sexy y se distraen y todo el proceso acaba alargándose mucho más de lo que cualquiera de los implicados desea.

Quieren que seas afable y complaciente, pero no débil. No quieren sentirse depredadores sexuales. Quieren una transacción comercial. Un servicio. De modo que intercambiáis educadamente algunas palabras sobre el tiempo y su equipo favorito. Normalmente intento encontrar algún tipo de broma privada que podamos repetir en cada visita; una broma privada es un signo de amistad sin el esfuerzo que supone labrarse una amistad verdadera. Así que dices «¡Veo que ya es temporada de fresas!» o «Necesitamos un barco más grande» (dos ejemplos reales de chiste privado), y entonces se rompe el hielo y no se sienten escoria, porque sois amigos; se crea una buena atmósfera y puedes ponerte manos a la obra.

Cuando la gente me hacía esa pregunta que todo el mundo hace, «¿A qué te dedicas?», yo respondía «Atención al cliente», lo cual era cierto. En mi opinión, una jornada laboral satisfactoria es aquella en la que has conseguido que un montón de gente sonría. Sé que quizá suena demasiado serio y formal, pero es la verdad. O sea, preferiría ser bibliotecaria, pero me preocupa la estabilidad laboral. Los libros pueden acabar siendo algo temporal; las pollas son eternas.

El problema era que la muñeca me estaba matando. Apenas había cumplido los treinta y ya tenía la muñeca de una octogenaria y una férula ortopédica a juego que cortaba bastante el rollo. Me la quitaba antes de cada trabajito, pero el sonido de despegar las tiras del velcro ponía a los clientes un poco nerviosos. Un día, Viveca vino a verme a la parte trasera. Es una mujer grandota, como un pulpo; a su alrededor flotan todo tipo de volantes, fulares y collares de cuentas, junto con los efluvios de una olorosa colonia. Lleva el pelo teñido del color de un ponche de frutas e insiste en que es natural. (Viveca: «Hija pequeña de una familia de clase trabajadora; indulgente con las personas que le agradan; llora viendo anuncios; múltiples intentos fallidos de hacerse vegetariana». Son solo suposiciones mías.)

—¿Eres pitonisa, Empollona? —preguntó.

Me llamaba Empollona porque llevaba gafas, leía libros y comía yogures en la pausa para el almuerzo. En realidad no soy una empollona; solo aspiro a serlo. Desde que dejé a medias el bachillerato, soy autodidacta. (No es una palabra guarra, buscadla en el diccionario.) Leo constantemente. Pienso. Pero carezco de una educación formal. De modo que me quedo con la sensación de que soy más lista que todos los que me rodean, pero que si empezara a relacionarme con personas verdaderamente inteligentes —personas que han ido a la universidad, beben vino y hablan latín— les aburriría soberanamente. Es una manera solitaria de pasar por la vida. Por eso llevo a gala el apodo. Como señal de que quizá algún día no aburra del todo a gente verdaderamente lista. La pregunta es: ¿cómo conocer a personas inteligentes?

—¿Pitonisa? No.

—¿Clarividente? ¿Alguna vez has tenido visiones?

—No.

En mi opinión, aquel chanchullo de vaticinar la fortuna tenía «más mierda que el palo de un gallinero», como habría dicho mi madre. Realmente se había criado en una granja al sur del estado, esa parte era cierta.

Viveca dejó de juguetear con una de sus cuentas.

—Empollona, estoy intentando echarte una mano.

Entonces lo pillé. Normalmente no soy tan lenta de reflejos, pero sentía un dolor palpitante en la muñeca. Esa clase de dolor que no te deja pensar en otra cosa que no sea en cómo detenerlo. También, en mi defensa, debo decir que Viveca por lo general solo hace preguntas para oírse hablar; en realidad no le importan tus respuestas.

—Cada vez que conozco a alguien, tengo una visión inmediata —dije, adoptando su tono de voz engolado y resabiado—. De quiénes son y qué necesitan. Lo detecto como un color, un halo que los rodea.

Todo lo cual era cierto, menos la última parte.

—Ves auras. —Sonrió—. Estaba segura de ello.

Así fue como me enteré de que me iba a trasladar a la parte delantera del local. Leería auras, algo para lo que no iba a necesitar ningún tipo de formación en absoluto.

—Limítate a decirles lo que quieren oír —dijo Viveca—. Dórales la píldora.

Y cuando la gente me preguntaba «¿A qué te dedicas?», les decía «Especialista en videncia» o «Trabajo en técnicas terapéuticas». Lo cual era cierto.

Los clientes que venían a que les leyeran la fortuna eran prácticamente en su totalidad mujeres, mientras que los que venían en busca de pajas eran, evidentemente, todos hombres, de modo que teníamos que organizarnos a conciencia. El local no era muy espacioso: había que recibir y acomodar al pajillero en el cuarto trasero y asegurarse de que se corría antes de que la siguiente mujer llegara para su cita. No querías que los gemidos de un orgasmo procedentes de la parte trasera interrumpieran a una señora que te estaba contando que su matrimonio se estaba yendo al carajo. La excusa de que te acabas de comprar un cachorrito solo funciona una vez.

Se trataba de una cuestión arriesgada, pues las clientas de Viveca eran en su mayoría de clase media alta y de baja clase alta. Y, como tal, se ofenden con suma facilidad. Si las amas de casa ricas y tristes no quieren que les lea la fortuna una Jennifer, mucho menos querrán que se la lea una diligente exprofesional del sexo con la muñeca hecha cisco. Las apariencias lo son todo. No hablamos de personas con morbo por lo sórdido, sino de personas cuyo principal propósito es vivir en la ciudad pero sentirse como si estuvieran en un barrio residencial. La parte delantera del local parecía salida de un catálogo de Pottery Barn, y yo me vestía a juego, básicamente como la versión de Artista Extravagante aprobada y comercializada por Anthropologie. Blusas campesinas, esa es la clave.

Las mujeres que venían en grupo eran frívolas, caprichosas, bebedoras, dispuestas a pasar un buen rato. Las que venían solas, sin embargo, querían creer. Estaban desesperadas y su seguro no era tan bueno como para cubrirles un psicólogo. O ni siquiera eran conscientes de estar tan desesperadas como para necesitar uno. Resultaba difícil sentir lástima por ellas. Yo lo intentaba, porque lo último que quieres es que tu quiromante ponga los ojos en blanco ante tu situación. Pero, en fin, vamos a ver. Una casa grande en la ciudad, maridos que no les pegaban y que ayudaban con los críos, profesionales con carrera algunas, miembros de clubes de lectura todas ellas. Y aun así se sentían tristes. Eso era lo que siempre acababan diciendo: «Pero es que me siento triste». Sentirse triste significa, por lo general, tener demasiado tiempo libre. En serio. No tengo un graduado en psicología, pero por lo general significa demasiado tiempo libre.

Así que digo cosas como «Una gran pasión está a punto de entrar en tu vida». Después les buscas algo que hacer. Intuyes qué tipo de actividad podría conseguir que se sientan bien consigo mismas. Apadrinar a un niño, trabajar de voluntaria en una biblioteca, esterilizar perros, abrazar el ecologismo. Pero no se lo dices como sugerencia, esa es la clave. Se lo dices como advertencia. «Una gran pasión está a punto de entrar en tu vida... ¡debes andarte con pies de plomo o acabará eclipsando todo aquello que más te importa!»

No estoy diciendo que siempre sea así de fácil, pero a menudo lo es. La gente quiere pasión. La gente quiere sentir que tiene un propósito. Y cuando obtienen ambas cosas, vuelven a ti porque predijiste su futuro y fue bueno.

Susan Burke era distinta. Desde el primer instante en que la vi me pareció más lista. Entré en la sala una mañana lluviosa de abril justo después de haber atendido a uno de mis pajilleros. Todavía conservaba a unos

pocos como clientes, mis veteranos favoritos, y acaba-
ba de echarle una manita a un pánfilo afable y rico que
se hacía llamar Michael Audley (digo «se hacía llamar»
porque asumo que un tío rico no me diría su verdadero
nombre). Mike Audley: «Siempre a la sombra de su hermano deportista; no creció como persona hasta llegar a
la universidad; extremadamente inteligente pero no
pretencioso; corredor compulsivo». Son solo suposiciones mías. Lo único que sabía a ciencia cierta sobre Mike
era que le encantaban los libros. Los recomendaba con
el fervor que yo siempre había anhelado como aspiran-
te a empollona: con urgencia y camaradería. ¡Tienes
que leer esto! No tardamos en montar nuestro particu-
lar (y ocasionalmente pegajoso) club de lectura privado.
Mike sentía un aprecio especial por los «Relatos Clásicos de lo Sobrenatural» y quería contagiármelo («Después de todo, eres pitonisa», me dijo con una sonrisa).
De modo que aquel día estuvimos debatiendo acerca de
temas como la soledad y la necesidad en *La maldición
de Hill House*, él se corrió, yo me limpié con una toallita
y cogí el ejemplar prestado para la próxima visita: *La
dama de blanco*. («¡Tienes que leerlo! Es uno de los
grandes clásicos de todos los tiempos.»)

Después me alboroté el pelo para parecer más intuitiva, me alisé la blusa campesina, me metí el libro debajo del brazo y me dirigí a la parte delantera del local. No
fui del todo puntual: llegaba con treinta y siete segundos de retraso. Susan Burke estaba esperando; me es-
trechó la mano con una sacudida nerviosa y acongoja-

da y el movimiento me provocó una punzada de dolor. Se me cayó el libro y nos dimos un cabezazo al agacharnos para recogerlo. Decididamente, no es lo que querrías de tu vidente: un sketch de los Tres Chiflados.

Le indiqué que se sentara. Adopté mi tono de voz más sabio y le pregunté por qué había venido. Es la manera más sencilla de decirle a la gente lo que quiere: preguntarle lo que quiere.

Susan Burke guardó silencio un par de instantes. Después:

—Mi vida se está desmoronando —murmuró.

Era extremadamente guapa, pero tan circunspecta y nerviosa que no te dabas cuenta de lo guapa que era hasta que te fijabas mucho. Pasando por alto las gafas para ver sus brillantes ojos azules. Imaginando su pelo rubio y mortecino bien cepillado. Evidentemente, era rica. Su bolso era demasiado sencillo como para no ser increíblemente caro. Su vestido era recatado, pero de buena confección. De hecho, puede que el vestido no fuera recatado; simplemente era ella quien lo llevaba así. «Inteligente pero poco creativa —pensé—. Conformista. Vive con el temor a decir o hacer algo inapropiado. Carece de seguridad en sí misma. Probablemente intimidada por sus padres y ahora intimidada por su marido. El marido tiene mal genio. Su principal objetivo en la vida es acabar el día sin recibir una bronca. Triste. Será una de las tristes.»

En ese momento Susan Burke se echó a llorar. Estuvo sollozando minuto y medio. Pensaba darle dos minutos antes de interrumpirla, pero paró por propia iniciativa.

—No sé por qué he venido aquí —dijo. Sacó un pañuelo de tonos pastel del bolso, pero no lo utilizó—. Es una locura. No hace más que empeorar.

Le ofrecí mi mejor expresión de «ea, ea» sin tocarla.

—¿Qué está ocurriendo en su vida?

Entonces se enjugó las lágrimas y me miró fijamente un instante. Parpadeó.

—¿Es que no lo sabe?

Después sonrió. Sentido del humor. Inesperado.

—Bueno, ¿qué tenemos que hacer? —preguntó, recuperando la compostura. Se masajeó una zona cerca de la nuca—. ¿Cómo funciona esto?

—Soy intuitiva psíquica —comencé—. ¿Sabe lo que significa?

—Cala bien a la gente.

—Sí, hasta cierto punto, pero mis poderes van mucho más allá de la mera corazonada. Todos mis sentidos intervienen en el proceso. Puedo sentir las vibraciones que emiten las personas. Puedo ver auras. Puedo oler la desesperación, la deshonestidad o la depresión. Es un don que tengo desde niña. Mi madre era una mujer profundamente deprimida y desequilibrada. Una bruma azul oscuro la seguía a todas partes. Cuando se acercaba a mí notaba pequeños pellizcos en la piel, como si alguien estuviera tocando el piano, y ella olía a desesperación, la cual se me presenta como un aroma a pan.

—¿A pan? —preguntó ella.

—Era simplemente su aroma, el olor de un alma desesperada.

Tenía que buscarme una nueva «eau de mujer triste». Hojas muertas no, demasiado evidente, pero algo apegado a la tierra. ¿Setas? No, poco elegante.

—Pan, qué cosa tan rara —dijo ella.

Las clientas normalmente me preguntaban cuál era su aroma o el color de su aura. Era el primer paso para implicarse en el juego. Susan se removió incómoda en su asiento.

—No quiero ser grosera —dijo—. Pero... me temo que esto no es para mí.

Esperé a que se explicara. El silencio empático es una de las armas más desaprovechadas del mundo.

—Vale —dijo Susan. Se recogió el pelo por detrás de ambas orejas (sus gruesas alianzas con incrustaciones de diamantes resplandecieron como la Vía Láctea) y se quitó diez años de encima. Pude imaginármela de niña, una ratoncita de biblioteca quizá, guapa pero tímida. Padres exigentes. Todo sobresalientes, siempre—. ¿Qué es lo que lee en mí?

—Tiene problemas en casa.

—Eso ya se lo he dicho yo.

Noté que exudaba desesperación: por creer en mí.

—No, me ha dicho que su vida se estaba desmoronando. Lo que digo es que el problema está relacionado con su casa. Está casada, percibo mucha discordia. La veo a usted rodeada por un verde enfermizo, como el de una yema de huevo podrida. Con remolinos de un saludable y vibrante turquesa en los extremos. Lo cual me indica que tenía algo bueno que ha acabado torciéndose de mala manera. ¿Sí?

Evidentemente, se trataba de una suposición fácil, pero me gustó mi elección de colores; sonaba bien.

Ella me miró de hito en hito. Estaba metiendo el dedo en la llaga.

—Capto en usted las mismas vibraciones que me producía mi madre, aquellos pellizcos secos, como notas agudas de un piano. Se siente desesperada, sufre un dolor intenso. No duerme bien.

Mencionar el insomnio siempre conllevaba un riesgo, pero habitualmente daba buen resultado. Por lo general, la gente que sufre no duerme bien. Y los insomnes agradecen enormemente que alguien reconozca su cansancio.

—No, no, duermo ocho horas todas las noches —dijo Susan.

—No es un sueño reparador. Tiene sueños perturbadores. Quizá no lleguen a ser pesadillas, quizá ni siquiera los recuerde al día siguiente, pero se despierta cansada, dolorida.

¿Os dais cuenta? Incluso cuando te equivocas, puedes sacarle partido a tu suposición. Se trataba de una mujer de cuarenta y tantos; es raro que un cuarentón se levante sin que le duela algo. Lo sé por los anuncios.

—La ansiedad se le acumula en el cuello —continué—. Además, huele a peonías. Un hijo. ¿Tiene un hijo?

Si no tiene hijos, puedo replicar directamente: «Pero quiere tenerlos». Y ella podrá negarlo —«Nunca, jamás en la vida me he planteado tener hijos»—, y yo seguiré insistiendo, y muy pronto saldrá de la consulta devanándose los sesos, porque muy pocas mujeres toman la decisión de no procrear sin haber tenido ciertas dudas. Es una idea fácil de sembrar. Solo que Susan es lista.

—Sí. Bueno, dos. Un hijo y un hijastro.

«El hijastro, tira por el hijastro.»

—Tiene problemas en casa. ¿Se trata de su hijastro?

Susan se levantó y se puso a rebuscar en su bolso de factura intachable.

—¿Cuánto le debo?

Me equivoqué en una cosa. Pensé que jamás volvería a verla. Pero cuatro días más tarde, Susan Burke regresó. («¿Pueden las cosas tener aura? —preguntó—. Me refiero a objetos. ¿Quizá una casa?») Y otra vez tres días más tarde («¿Cree usted en los espíritus malignos? ¿De verdad existe algo así?»), y de nuevo al día siguiente.

En líneas generales, la había calado bastante bien. Padres dominantes y exigentes, todo sobresalientes, universidad de prestigio, un título en algo relacionado con los negocios. Le hice la pregunta: ¿A qué se dedica? Me explicó y requetexplicó algo relacionado con reducciones de plantilla, reestructuraciones e intersección de clientes, y cuando me vio fruncir el ceño, se impacientó y zanjó:

—Defino y elimino problemas.

La relación con su esposo era correcta, salvo en lo relacionado con el hijastro. Los Burke se habían mudado a la ciudad el año anterior, y fue entonces cuando el muchacho pasó de conflictivo a perturbador.

—Miles nunca fue un niño cariñoso —dijo—. Soy la única madre que ha conocido... Llevo con su padre desde que él tenía cuatro años. Pero siempre ha sido frío. Introvertido. Simplemente está vacío por dentro. Me odio por decir algo así. A ver, una cosa es ser introvertido, que me parece bien, pero este último año, desde que nos mudamos... ha cambiado. Se ha vuelto más agresivo. Siempre está furioso. Hosco. Amenazante. Me asusta.

El chaval tenía quince años y acababan de obligarle a dejar un barrio residencial para mudarse a la ciudad, donde no conocía a nadie, siendo ya de por sí un crío rarito e introvertido. Por supuesto que estaba cabreado. Decírselo así de claro habría servido de verdadera ayuda, pero no lo hice. Aproveché la oportunidad.

Llevaba algún tiempo intentando pasarme al negocio de la limpieza de auras domésticas. A grandes rasgos: cuando una familia se muda a una nueva vivienda, te llama. Deambulas por la casa quemando salvia, espolvoreando sal y murmurando letanías. Un nuevo comienzo, para borrar cualquier tipo de malas energías persistentes dejadas por los anteriores propietarios. Ahora que la gente volvía a ocupar el casco viejo de la ciudad y a recuperar los viejos edificios históricos, parecía un negocio en expansión a la espera de dar la campanada. Una casa centenaria: ahí hay un montón de vibraciones acumuladas.

—Susan, ¿se ha planteado que la casa pueda estar afectando al comportamiento de su hijo?

Susan se inclinó hacia delante, con los ojos como platos.

—¡Sí! Sí, eso es justo lo que creo. ¿Es una locura? Por eso... por eso he vuelto. Porque... había sangre en mi pared.

—¿Sangre?

Se acercó aún más y alcancé a oler la pastilla de menta con la que enmascaraba su mal aliento.

—La semana pasada. No quise decir nada... Pensé que me tomaría por loca. Pero estaba allí. Un largo reguero desde el suelo hasta el techo. ¿Estoy... estoy loca?

A la semana siguiente me reuní con ella en su casa. Mientras conducía por su calle en mi fiel utilitario, pensé: «Óxido». No sangre. Procedente de las paredes, del techo. ¿Quién sabe con qué materiales estarían construidas aquellas viejas casas? ¿Quién sabe qué podría empezar a filtrarse al cabo de cien años? La cuestión era cómo abordar la situación. Francamente, no estaba interesada en meterme en rollos de exorcismos, demonología y demás mierdas religiosas. Tampoco creo que fuera eso lo que deseaba Susan. Pero me había invitado a su casa, y las mujeres como ella no invitan a mujeres como yo a sus hogares a no ser que quieran algó. Consuelo. Restaría importancia a lo del «reguero de sangre», hallaría una explicación para ello, y aun así insistiría en que a la casa no le vendría mal una limpieza.

Repetidas limpiezas. Todavía teníamos que discutir la tarifa. Dos mil dólares por doce visitas parecía un buen precio de entrada. Espaciadas, una al mes durante todo un año. Así al hijastro le daría tiempo de aclararse las ideas y adaptarse a su nueva escuela, a los nuevos compañeros. Al final parecerá curado, yo seré la heroína, y muy pronto Susan me estará recomendando a todas sus amigas ricas y atacadas de los nervios. Podría montármelo por mi cuenta, y cuando la gente me preguntase «¿A qué te dedicas?», respondería «Soy empresaria» con ese tono altanero que tienen los empresarios. Quizá Susan y yo nos haríamos amigas. Quizá me invitaría a un club de lectura. Me sentaría junto a la chimenea, mordisquearía un trozo de brie y diría: «Soy la propietaria de un pequeño negocio; empresaria, si lo prefieren». Aparqué, salí del coche e inhalé una gran bocanada de optimista aire primaveral.

Pero entonces vi la casa de Susan. Me paré en seco y me quedé mirándola. Y me estremecí.

Era distinta a las demás.

Te acechaba. Era la única construcción victoriana que quedaba en una larga hilera de nuevas casas cuadriculadas, y a lo mejor por eso parecía viva, calculadora. La fachada de la mansión estaba recubierta de elaborada piedra tallada, con tanto detalle que resultaba mareante: flores y filigranas, delicados tallos y cintas enroscadas. Dos ángeles a tamaño natural flanqueaban la entrada, elevando los brazos hacia las alturas, con el rostro fascinado por algo que yo no alcanzaba a ver.

Observé la casa y la casa me observó a su vez, a través de siniestros y alargados ventanales, tan altos que un chaval podría haberse puesto de pie sobre sus alféizares. De hecho, uno lo había hecho. Pude verlo cuan largo y delgado era: pantalones grises, jersey negro, corbata granate perfectamente anudada. Una mata de pelo oscuro cubriéndole los ojos. Después, con un movimiento borroso y repentino, se bajó de un salto y desapareció tras las pesadas cortinas de brocado.

Los escalones de entrada de la mansión eran largos y empinados. El corazón me latía con fuerza cuando alcancé el rellano, pasé junto a los ángeles sobrecogidos, llegué a la puerta y llamé al timbre. Mientras esperaba, leí la inscripción tallada en la piedra cerca de mis pies.

MANSIÓN CARTERHOOK

FUNDADA EN 1893

PATRICK CARTERHOOK

Estaba grabada en una severa cursiva victoriana, con las dos carnosas oes diseccionadas por una floritura emplumada. Me entraron ganas de protegerme el vientre.

Susan abrió la puerta con los ojos enrojecidos.

—Bienvenida a la Mansión Carterhook —dijo con falsa grandilocuencia.

Me sorprendió observándola fijamente; Susan nunca tenía buen aspecto cuando nos veíamos, pero esta

vez ni siquiera había fingido cepillarse el pelo y de su cuerpo emanaba un olor acre y desagradable. (No era «desesperación» ni «depresión», simplemente mal aliento y hedor corporal.) Sin energía, se encogió de hombros.

—Por fin he dejado de dormir.

El interior de la casa no tenía nada que ver con el exterior. Había sido remozado por completo y tenía el mismo aspecto que cualquier hogar de ricos. De inmediato me sentí más animada. Aquel lugar sí que podía purificarlo: las elegantes lámparas empotradas, las superficies de granito y los electrodomésticos de acero inoxidable, los nuevos y delirantemente suaves revestimientos de madera, pared tras pared de roble tratado con bótox.

—Empecemos por el reguero de sangre —sugerí.

Subimos a la primera planta. Había otras dos por encima de ella. La escalera era de diseño abierto, y al mirar a través de las barandillas pude ver un rostro que me observaba desde el último piso. Pelo y ojos negros, en marcado contraste con la piel de porcelana de una muñeca antigua. Miles. Me miró fijamente durante un momento lleno de solemnidad, después volvió a desaparecer. Aquel chaval encajaba perfectamente con la casa original.

Susan descolgó una elegante reproducción del descansillo para que pudiera contemplar la pared entera.

—Aquí. Estaba justo aquí —dijo señalando desde el techo hasta el suelo.

Fingí examinar la pared minuciosamente, pero en realidad no había nada que ver. La había fregado a conciencia; todavía conservaba el olor a lejía.

—Puedo ayudarla —dije—. Capto una extraordinaria sensación de dolor, justo aquí. Por toda la casa, pero principalmente aquí. Puedo ayudarla.

—Se oyen crujidos en la casa durante toda la noche —dijo Susan—. De verdad, casi parecen gemidos. Y eso no debería suceder. Todos los interiores son nuevos. La puerta de Miles se cierra de golpe a horas extrañas. Y él... está empeorando. Es como si algo se hubiera aposentado sobre él. Una oscuridad que lleva a cuestas. Como un caparazón de insecto. Se escabulle. Como un escarabajo. Yo me mudaría. Estoy tan asustada que me mudaría ahora mismo, pero no nos lo podemos permitir. Ya no. Nos gastamos una barbaridad en la casa, y después casi la misma cantidad en reformarla, y... de todos modos mi marido no lo consentiría. Dice que Miles simplemente está pasando por una fase difícil de crecimiento. Y que yo soy una mujer nerviosa y ridícula.

—Puedo ayudarla —repetí.

—Déjeme que le enseñe la casa —replicó ella.

Recorrimos el largo y estrecho pasillo. La mansión era oscura de por sí. En cuanto te alejabas de una ventana, te envolvía la penumbra. Susan iba encendiendo luces a medida que avanzábamos.

—Miles las apaga —dijo—. Después yo vuelvo a encenderlas. Cuando le pido que las deje encendidas, se hace el loco, como si no supiera de lo que le estoy hablando. Este es nuestro estudio —añadió, abriendo una puerta para revelar una sala cavernosa con una chimenea y paredes totalmente cubiertas por estanterías.

—Es una biblioteca —exclamé con voz ahogada.

Allí había varios miles de libros. Libros gruesos, imponentes, de gente inteligente. ¿Cómo se te ocurre tener varios miles de libros en un cuarto para luego llamarlo «el estudio»?

Entré. Me estremecí melodramáticamente.

—¿Lo percibe? ¿Percibe la... pesadez que se acumula aquí dentro?

—Odio esta habitación —respondió ella asintiendo.

—Tendré que prestarle una atención especial a esta sala —dije.

Me encerraría allí dentro una hora durante cada visita y aprovecharía para leer, para leer lo que me viniera en gana.

Regresamos al pasillo, que ahora volvía a estar a oscuras. Susan suspiró y nuevamente comenzó a pulsar interruptores. Alcancé a oír un repiqueteo de pies en la planta de arriba, recorriendo frenéticamente el pasillo de un extremo a otro. Pasamos junto a una puerta cerrada a mi derecha. Susan llamó con la mano. «Jack, soy yo.» El rechinar de una silla al ser echada hacia atrás, el chasquido de un cerrojo, y entonces la puerta se abrió y apareció otro niño, varios años más pequeño que Miles. Se parecía a su madre. Sonrió a Susan como si hiciera un año que no la veía.

—Hola, mamá —dijo, abrazándola con fuerza—. Te he echado de menos.

—Este es Jack, tiene siete años —dijo ella. Le revolvió el pelo—. Mamá tiene que trabajar un poquito con su amiga —le explicó al niño, agachándose para mirarle a los ojos—. Termina de leer y luego te prepararé la merienda.

—¿Vuelvo a echar el cerrojo? —preguntó Jack.

—Sí, es mejor que cierres siempre la puerta con cerrojo, cariño.

Cuando echamos nuevamente a caminar, oímos el chasquido del pestillo detrás de nosotras.

—¿Por qué el cerrojo?

—A Miles no le gusta su hermano.

Tuvo que percibir mi ceño fruncido: a ningún adolescente le gusta su hermano pequeño.

—Debería ver lo que le hizo Miles a una canguro que no le caía bien. Es uno de los motivos por los que nos hemos quedado sin dinero. Las facturas del médico. —Se volvió bruscamente hacia mí—. No debería haber dicho eso. No fue... demasiado grave. Posiblemente un accidente. En realidad, ya no sé qué pensar. A lo mejor es verdad que estoy loca de atar.

Su carcajada sonó áspera. Se enjugó un ojo.

Caminamos hasta el extremo del pasillo, donde nos esperaba otra puerta cerrada a cal y canto.

—Le enseñaría la habitación de Miles, pero no tengo la llave —se limitó a decir—. Además, me da demasiado miedo.

Forzó otra carcajada. No sonó convincente; no tenía la energía necesaria ni para pasar por una risa. Subimos a la planta superior, que consistía en una serie de estancias, empapeladas y pintadas, repletas de refinado mobiliario victoriano dispuesto de cualquier manera. Uno de los cuartos contenía únicamente un cajón de arena.

—Para nuestro gato, Wilkie —dijo Susan—. El gato más afortunado del mundo: tiene una habitación propia solo para cagar.

—Ya le encontrarán algún otro uso.

—En realidad es un gato muy cariñoso —dijo ella—. Tiene casi veinte años.

Sonreí como si el dato me resultara interesante y agradable.

—Evidentemente, tenemos más espacio del que necesitamos —dijo Susan—. Creo que pensamos que tendríamos otro... que quizá adoptaríamos... pero me niego a traer a otro niño a esta casa. Así que ahora vivimos en una especie de carísimo almacén. A mi marido le gustan las antigüedades.

Pude imaginarme a su petulante y estirado marido. El típico individuo que compra antigüedades pero nunca se toma la molestia de buscarlas él mismo. Probablemente tendría a una sofisticada decoradora con gafas de montura de carey que se encargaba de hacerle todo el trabajo. Probablemente fuese también ella quien le había comprado todos aquellos libros. Tenía entendido que hay gente que hace eso: comprar libros por metros, convertirlos en mobiliario. La gente es imbécil. Nunca conseguiré asimilar del todo lo imbécil que puede llegar a ser.

Subimos aún más. La última planta era simplemente un amplio desván con unos cuantos arcones viejos de madera pegados a las paredes.

—¿Verdad que son ridículos esos baúles? —susurró Susan—. Mi marido dice que le dan cierto aire de autenticidad a la casa. No le gustó la reforma.

De modo que la casa había supuesto una solución de compromiso: el marido quería algo antiguo, Susan quería algo nuevo, y pensaron que aquella división exterior/interior resolvería el dilema. Pero los Burke acabaron más resentidos que satisfechos. Millones de dólares más tarde, ninguno de los dos estaba contento. Los ricos no saben darle sentido al dinero.

Bajamos por las escaleras de servicio, estrechas y agobiantes como la madriguera de un animal, y acabamos en la enorme cocina, moderna y resplandeciente.

Miles estaba sentado ante la isla central, esperando. Susan se sobresaltó al verlo.

Era pequeño para su edad. Cara pálida, mentón puntiagudo y unos ojos negros que relucían con cierta crispación, como los de una araña. Maquinando. «Extremadamente inteligente, pero odia la escuela —pensé—. Toda atención es poca para él; incluso aunque Susan le brindara toda su atención, seguiría sin parecerle suficiente. Mezquino. Egocéntrico.»

—Hola, mamá —dijo. Su rostro se transformó de repente, atravesado por una sonrisa luminosa y bobalicona—. Te he echado de menos.

El dulce y cariñoso Jack. Estaba realizando una imitación perfecta de su hermano pequeño. Miles se dirigió hacia Susan para abrazarla y, al acercarse, adoptó la postura infantil y de hombros caídos de Jack. La rodeó con los brazos y hundió el rostro en su cuerpo. Susan me miró por encima de la cabeza de su hijastro, con las mejillas encendidas y los labios apretados como si oliera algo desagradable. Miles alzó la mirada hacia ella.

—¿Por qué no me abrazas?

Susan le dio un rápido abrazo. Miles la soltó como si se hubiera quemado.

—He oído todo lo que le has contado —dijo—. Sobre Jack. Sobre la niñera. Sobre todo. Menuda zorra estás hecha.

Susan dio un respingo. Miles se giró hacia mí.

—De verdad espero que te marches y no vuelvas. Por tu propio bien. —Nos sonrió a ambas—. Esto es un asunto de familia. ¿No te parece, mamá?

A continuación desapareció escaleras arriba, dando ruidosos pisotones con sus pesados zapatos de cuero e inclinándose marcadamente hacia delante. Era verdad que se escabullía como si acarreara el caparazón de un insecto, duro y reluciente.

Susan clavó la mirada en el suelo, respiró hondo y después me miró.

—Quiero su ayuda.

—¿Qué dice su marido sobre todo esto?

—No hablamos de ello. Miles es su hijo. Tiende a protegerle. Cada vez que se me ocurre reprocharle algo, por muy remotamente que sea, dice que estoy loca. Me lo dice a menudo. Una casa embrujada... A lo mejor sí estoy loca. En cualquier caso, está casi siempre de viaje; ni siquiera llegará a enterarse de que ha estado usted aquí.

—Puedo ayudarla —dije—. ¿Hablamos muy rápidamente de la tarifa?

Susan aceptó la cantidad, pero no el calendario.

—No puedo esperar un año a que Miles mejore; podría matarnos a todos mientras dormimos.

Volvió a proferir aquella risa que sonaba a eructo desesperado. Accedí a ir dos veces por semana.

La mayor parte de las veces iba por la mañana, cuando los niños estaban en clase y Susan en el trabajo. Purificaba la casa en el sentido de que la limpiaba. Quemaba salvia y esparcía sal marina. Preparaba una infusión de lavanda y romero con la que fregaba las paredes y los suelos de la casa. Y después me sentaba en la biblioteca a leer. También fisgoneaba. Encontré un montón de fotos del sonriente y adorable Jack, unas cuantas antiguas de un enfurruñado Miles, alguna que otra de una taciturna Susan y ninguna de su marido. Sentí lástima por Susan. Entre el hijastro airado y un marido que siempre estaba ausente, no era de extrañar que su mente tendiera a vagar hacia lo lúgubre.

Y aun así... Aun así, yo también lo sentía. Algo en la casa. No necesariamente malévolo, pero sí... consciente. Podía sentirlo observándome, ¿tiene eso sentido? Me agobiaba. Un día estaba fregando el suelo de madera cuando de repente sentí un dolor súbito y lacerante en el dedo corazón —como si me hubieran mordido—, y cuando lo levanté estaba sangrando. Me envolví fuerte el dedo con un trapo y observé cómo la sangre lo iba empapando. Y percibí como si algo en la casa se sintiera satisfecho.

Empecé a sentir miedo. Me obligaba a mí misma a superarlo. «Tú misma eres la que se ha inventado toda esta historia —me decía—. Así que corta el rollo de una vez.»

A las seis semanas, me encontraba una mañana preparando una infusión de lavanda en la cocina —Susan estaba en el trabajo, los críos en la escuela— cuando sentí una presencia detrás de mí. Cuando me giré me encontré a Miles vestido con su uniforme escolar, examinándome con una sonrisilla burlona en la cara. En las manos tenía mi ejemplar de *Otra vuelta de tuerca*.

—¿Te gustan las historias de fantasmas? —preguntó sonriendo.

Me había registrado el bolso.

—¿Qué haces en casa, Miles?

—Te he estado observando. Eres interesante. Sabes que algo malo va a ocurrir, ¿verdad? Siento curiosidad.

Dio unos pasos hacia mí y yo retrocedí. Se plantó junto al cazo lleno de agua hirviendo. Las mejillas se le encendieron por el calor.

—Intento ayudar, Miles.

—Pero ¿estás de acuerdo? ¿Lo percibes? ¿El mal?

—Lo percibo.

Se quedó mirando fijamente el cazo de agua. Pasó un dedo por el borde y a continuación lo apartó bruscamente, rosado. Me examinó con sus relucientes ojos negros de araña.

—No tienes el aspecto que me esperaba. De cerca. Pensaba que serías... sexy. —Pronunció la palabra con ironía y supe a lo que se refería: una pitonisa sexy en plan Halloween. Los labios pintados, el pelo cardado y pendientes de aro—. Pareces una canguro.

Retrocedí aún más. Le había hecho daño a la última canguro.

—¿Pretendes asustarme, Miles?

Deseé poder alcanzar el fogón para apagar el fuego.

—Solo intento ayudarte —dijo en tono razonable—. No te quiero cerca de Susan. Si vuelves aquí, morirás. No quiero decir más. Pero te he advertido.

Se dio la vuelta y salió de la habitación. Cuando oí sus pasos sobre los escalones de entrada, vertí el agua hirviendo por el fregadero y me dirigí corriendo al comedor para recoger mi bolso, las llaves. Necesitaba salir de allí. Cuando agarré el bolso, un calor dulzón y maloliente me inundó la nariz. Había vomitado en su interior, encima de mis llaves, la cartera y el teléfono. Me vi incapaz de tomar las llaves, de tocar aquella bilis.

Susan irrumpió por la puerta principal, frenética.

—¿Está aquí? ¿Está usted bien? —dijo—. Me han llamado de la escuela para decirme que Miles no se había presentado. Debe de haber entrado para luego salir directamente por la puerta de atrás. No le gusta que esté usted aquí. ¿Le ha dicho algo?

Oímos un fuerte golpe procedente de arriba. Un alarido. Subimos corriendo las escaleras. En el pasillo, colgando de un gancho en el techo, vimos una diminuta y rudimentaria figura hecha de trapo. Una cara dibujada con rotulador. Una soga hecha con hilo rojo. Desde la habitación de Miles al final del pasillo brotó un grito.

«¡Nonoooooooo, zorra, zorra!»

Nos quedamos inmóviles ante su puerta.

—¿Quiere hablar con él? —pregunté.

—No —dijo Susan.

Dio media vuelta y se alejó por el pasillo, llorando. Arrancó la figura del aplique de la luz.

—Al principio he pensado que era yo —dijo Susan, tendiéndome el muñeco—. Pero yo no tengo el pelo castaño.

—Creo que soy yo —dije.

—Estoy cansada de tener miedo —murmuró.

—Lo sé.

—No, aún no lo sabe —dijo—. Pero lo sabrá.

Susan se refugió en su cuarto. Yo me puse a trabajar. Juro que trabajé. Limpié la casa —hasta el último centímetro de paredes y suelos— con romero y lavanda. Restregué la salvia y pronuncié mis encantamientos mágicos que sonaban a galimatías mientras en las estancias de arriba Miles gritaba y Susan lloraba. Después volqué en el fregadero de la cocina el contenido de mi bolso manchado de vómito y lo enjuagué todo con agua hasta dejarlo limpio.

Mientras abría la puerta de mi coche al anochecer, una anciana de mejillas rollizas y con la cara bien empolvada me llamó desde la otra punta de la calle. Se acercó apresuradamente entre la neblina, con una sonrisilla en el rostro.

—Solo quería darle las gracias por lo que está haciendo por esa familia —dijo—. Por ayudar al pequeño Miles. Gracias.

Después se llevó los dedos a los labios, hizo como que se los cerraba con llave y volvió a desaparecer a toda prisa antes de que me diera tiempo a decirle que no estaba haciendo absolutamente nada por ayudar a aquella familia.

Una semana más tarde, mientras mataba el tiempo en mi diminuto apartamento (un dormitorio, catorce libros), noté algo nuevo. Una mancha, como una charca herrumbrosa en la pared junto a mi cama. Me recordó a mi madre. A mi antigua vida. A todas aquellas transacciones —esto por aquello, aquello por esto—, ninguna de las cuales había supuesto la menor diferencia hasta ahora. Tan pronto como la transacción terminaba, mi mente se quedaba en blanco, a la espera de la siguiente. Pero Susan Burke y su familia seguían conmigo. Susan Burke, su familia y aquella casa.

Encendí mi portátil antediluviano y realicé una búsqueda: Patrick Carterhook. Después de varios chasquidos y zumbidos, apareció al fin un enlace a un artículo del Departamento de Lengua Inglesa de una universidad: «Crímenes reales victorianos: el espantoso relato de la familia de Patrick Carterhook».

El año es 1893, y Patrick Carterhook, el magnate de los grandes almacenes, se muda a su espléndida mansión estilo Gilded Age en el corazón de la ciudad, junto con su encantadora esposa, Margaret, y sus dos hijos, Robert y Chester. Robert era un muchacho problemático, muy dado a acosar a sus compañeros de clase y a maltratar a las mascotas del vecindario. A la edad de doce años, incendió uno de los almacenes de su padre y se quedó allí para contemplar los destrozos. Atormentaba continuamente a su callado hermano pequeño. A los catorce años, Robert demostró ser incapaz de controlar sus impulsos. Los Carterhook optaron por mantenerle alejado de la sociedad: en 1895 lo encerraron bajo llave en la mansión. Nunca jamás volvería a pisar la calle. En su lúgubre jaula de oro, Robert fue tornándose cada vez más violento. Mancillaba las pertenencias de sus familiares con sus vómitos y excrementos. Una institutriz fue enviada al hospital con hematomas inexplicados; nunca regresó. También la cocinera se marchó una mañana de invierno para no volver nunca más. Según los rumores, había sufrido quemaduras de tercer grado con agua hirviendo en un «accidente en la cocina».

Nadie sabe con exactitud lo que ocurrió en aquella casa la noche del 7 de enero de 1897, pero el sangriento desenlace no admite discusión. Patrick Carterhook fue hallado muerto a cuchilladas en su cama; su cadáver presentaba 117 heridas de arma blanca. La esposa de Patrick, Margaret, fue asesinada con un hacha —que seguía clavada en su espalda— mientras intentaba huir escaleras arriba en dirección al desván, y el joven Chester, de diez años, fue encontrado ahogado en una bañera. Robert se ahorcó colgándose de una viga en su dormitorio. Al parecer, se había vestido para la ocasión: llevaba un traje de los domingos azul, cubierto por la sangre de sus progenitores. Seguía mojado con el agua en la que había ahogado a su hermano pequeño.

Debajo del texto aparecía una vieja foto borrosa de los Carterhook. Cuatro rostros adustos y formales asomando entre varias capas de volantes victorianos. Un hombre esbelto de unos cuarenta años con la barba elegantemente recortada en punta; una mujer pequeña y rubia de ojos tristes y penetrantes, de un color tan claro que parecían blancos. Dos muchachos: el más joven, rubio como su madre; el mayor, con el pelo oscuro, los ojos negros, el rastro de una sonrisa burlona y la cabeza ladeada en un ángulo petulante. Miles. El hijo mayor se parecía a Miles. No era idéntico, pero la esencia era la misma: la jactancia, los aires de superioridad, la amenaza.

Miles.

Si arrancas los suelos de madera ensangrentados y los azulejos manchados de humedad; si destruyes las vigas que sostuvieron el cuerpo de Robert Carterhook, y derribas las paredes que absorbieron los gritos, ¿has acabado con la casa? ¿Puede estar encantada si todos sus elementos interiores —los órganos internos— han sido eliminados? ¿O acaso la maldad sigue impregnando su atmósfera? Aquella noche soñé que una pequeña figura abría la puerta del cuarto de Susan, se aproximaba silenciosamente y se cernía tranquilamente sobre su cuerpo dormido con un reluciente cuchillo carnicero sacado de su cocina de un millón de dólares. La habitación olía a salvia y lavanda.

Dormí hasta bien entrada la tarde y me desperté a oscuras, en plena tormenta. Me quedé con la mirada clavada en el techo hasta que se puso el sol, después me vestí y conduje hasta la Mansión Carterhook. Dejé mis inútiles hierbas aromáticas en casa.

Susan abrió la puerta con los ojos llorosos. Su pálido rostro relucía en contraste con la penumbra de la casa.

—Es verdad que usted ve cosas —susurró—. Justo ahora iba a llamarla. Cada vez es peor, no se detiene —dijo, y se dejó caer en un sofá.

—¿Están Miles y Jack?

Ella asintió y señaló hacia arriba con un dedo.

—Miles me dijo anoche, con toda la calma del mundo, que nos iba a matar —exclamó—. Y estoy realmente preocupada... porque... Wilkie... —Se echó a llorar de nuevo—. Oh, Dios.

Un gato entró con pasos lentos en la sala. Escuálido y despeluchado, un animal viejo. Susan lo señaló.

—Mire lo que le ha hecho... ¡al pobre Wilkie!

Volví a mirarlo. Me fijé en que de los cuartos traseros solo brotaba un matojo de pelo deshilachado. Miles le había cortado la cola.

—Susan, ¿tiene un portátil? Tengo que enseñarle una cosa.

Me condujo hasta la biblioteca y al escritorio victoriano que evidentemente pertenecía a su marido. Apretó un botón y la chimenea prendió con un suave fragor flamígero. Pulsó una tecla y el portátil se encendió. Le mostré a Susan la página web y el artículo sobre los Carterhook. Pude notar su cálido aliento sobre mi cuello mientras leía.

Señalé la foto.

—¿Le recuerda a alguien Robert Carterhook?

Susan asintió, como sumida en un trance.

—¿Qué significa?

La lluvia repiqueteó contra los negros vidrios de las ventanas. Eché de menos un día azul y luminoso. La pesantez de la casa era insoportable.

—Susan, me cae usted bien. No suele caerme bien demasiada gente. Deseo lo mejor para su familia. Y me temo que no soy la persona indicada.

—¿A qué se refiere?

—Me refiero a que necesita a alguien capaz de ayudarles. Yo no puedo hacerlo. En esta casa está ocurriendo algo terrible. Creo que deberían marcharse. Me da igual lo que diga su marido.

—Pero si nos marchamos... Miles seguirá con nosotros.

—Sí.

—Entonces... ¿se curará? ¿Si sale de esta casa?

—Susan, no lo sé.

—¿Qué quiere decir?

—Quiero decir que necesita a alguien mejor que yo para solucionar esto. No estoy cualificada para ello. No puedo arreglarlo. Creo que deberían marcharse esta misma noche. Váyanse a un hotel. Dos habitaciones. Cierre la puerta con llave. Y después... ya veremos cómo lo solucionamos. Pero lo único que de verdad puedo hacer por usted ahora mismo es ser su amiga.

Susan se levantó como mareada y se llevó una mano a la garganta. Se apartó de mí, murmuró un «Disculpe» y desapareció por la puerta. Esperé. Volvía a sentir el dolor palpitante en la muñeca. Paseé la mirada por la habitación llena de libros. Ya no podría disfrutar de aquel lugar. Ya no habría cartas de recomendación para amigas ricas y atacadas de los nervios. Estaba echando a perder mi gran oportunidad; le había dado una respuesta que no quería oír. Pero, por una vez, me sentí una persona decente. No en plan «Me autoconvenzo de ser decente», sino simple y llanamente decente.

Vi a Susan cruzar rápidamente por delante de la puerta en dirección a las escaleras. Después vi pasar a Miles corriendo tras ella.

—¡Susan! —grité.

Me levanté, pero no conseguí obligarme a salir de la biblioteca. Oí murmullos. En tono de urgencia o enfado. Después nada. Silencio. Nada de nada. «Sal ahí afuera.» Pero me daba demasiado miedo salir sola a aquel pasillo oscuro.

—¡Susan!

Un muchacho que aterrorizaba a su hermano pequeño y amenazaba a su madrastra. Que me había dicho tranquilamente que iba a morir. Un muchacho que le había cortado el rabo a la mascota de la familia. Una casa que agredía y manipulaba a sus habitantes. Una casa que ya había presenciado cuatro muertes y quería más. «Mantén la calma.» El pasillo seguía sumido en tinieblas. Ni rastro de Susan. Me levanté. Empecé a caminar hacia la puerta.

Miles apareció repentinamente en el umbral, erguido y tieso con su uniforme escolar, como siempre. Me bloqueaba la salida.

—Te advertí de que no volvieras nunca y has seguido viniendo. Una y otra vez —dijo. En tono razonable. Como si estuviera hablando con un niño castigado—. Sabes que vas a morir, ¿verdad?

—¿Dónde está tu madrastra, Miles? —dije retrocediendo. Él avanzó hacia mí. Era un chaval menudo, pero me daba miedo—. ¿Qué le has hecho a Susan?

—Sigues sin entenderlo, ¿verdad? —dijo—. Esta es la noche en la que vamos a morir.

—Lo siento, Miles, no era mi intención enojarte.

Entonces se echó a reír, arrugando los ojillos. Una expresión de puro júbilo.

—No, no me has entendido. Ella va a matarte. Susan. Nos va a matar a los dos, a ti y a mí. Observa atentamente esta habitación. ¿Crees que estás aquí por casualidad? Fíjate bien. Fíjate bien en los libros.

Me había fijado bien en los libros. Cada vez que había entrado allí a limpiar me fijaba en todos los libros, los codiciaba todos. Me había imaginado robando uno o dos para mi pequeño club de lectura con...

Con Mike. Mi cliente favorito. Todos y cada uno de los libros que había leído con Mike en el transcurso de los últimos años estaban allí. *La dama de blanco*, *Otra vuelta de tuerca*, *La maldición de Hill House*. Me había sentido de lo más complacida cada vez que los veía, congratulándome de lo lista que era por haber leído tantos de aquellos libros de una biblioteca de gente refinada. Pero no era una empollona muy leída; solo era una puta estúpida en la biblioteca adecuada. Miles sacó una foto del cajón del escritorio, una foto de boda. Los novios a contraluz, ante una puesta de sol veraniega que los envolvía como una mortaja. Susan estaba preciosa, una versión alegre y sensual de la mujer a la que conocía. ¿Y el novio? Apenas reconocí su cara, pero desde luego sabía cómo era su polla. Llevaba dos años haciéndole pajas al marido de Susan.

Miles me observaba con atención, achinando los ojos, como un cómico a la espera de que el público pille el chiste.

—Va a matarte, y estoy bastante seguro de que también me matará a mí —dijo.

—¿Qué quieres decir?

—Ahora mismo está abajo, llamando a emergencias. Me ha pedido que te entretuviera. Cuando suba te pegará un tiro, y luego podrá darle una de estas dos explicaciones a la policía. La primera: que eres una estafadora que afirma tener poderes psíquicos para sacarles los cuartos a personas emocionalmente vulnerables. Convenciste a Susan de que podrías ayudar a su hijo, que es mentalmente inestable, y ella se fio de ti. Sin embargo, lo único que has hecho ha sido venir a la casa y robarle. Cuando te lo echó en cara, te pusiste violenta. Entonces tú me disparaste a mí y luego ella te disparó en defensa propia.

—No me gusta. ¿Cuál es la otra opción?

—Eres clarividente de verdad. Estabas convencida de que la casa me estaba embrujando. Pero resulta que no estoy embrujado, no soy más que un típico sociópata adolescente de tres al cuarto. Me presionaste demasiado y te maté. Susan forcejeó conmigo para arrebatarme la pistola y me disparó en defensa propia.

—¿Por qué iba a querer matarte?

—No le gusto, nunca le he gustado. No soy hijo suyo. Quiso largarme con mi madre, pero mi madre pasó de mí por completo. Después intentó enviarme a un internado, pero mi padre se negó. Pues claro que le gustaría verme muerto. Ella es así. Se gana la vida tomando ese tipo de decisiones: define y elimina problemas. Es una mujer práctica, a su modo maligno.

—Pero parece tan...

—¿Modosita? No lo es en absoluto. Simplemente quería que pensaras eso. Es una ejecutiva guapa y triunfadora. Es la condenada líder de la manada. Pero tú necesitabas sentir que te estabas aprovechando de alguien más débil. Que manejabas los hilos. ¿O acaso me equivoco? ¿No consiste en eso tu negocio? ¿En manipular a los manipulables?

Mi madre y yo habíamos jugado a aquel mismo juego durante una década: disfrazándonos e interpretando el papel de mujeres dignas de lástima. Había caído en mi propia trampa.

—¿Quiere matarme... por lo de tu padre?

—Susan Burke tenía el matrimonio perfecto y tú se lo arruinaste. Mi padre se ha marchado. La ha abandonado.

—Estoy segura de que unos pocos... encuentros no han sido la razón por la que tu padre se ha marchado.

—Es la razón que ella ha elegido creer. Es el problema que ha definido y el que planea eliminar.

—¿Sabe tu padre... que estoy aquí?

—Todavía no. Es verdad que viaja mucho. Pero en cuanto mi padre se entere de que hemos muerto y oiga la versión de Susan... En cuanto ella le cuente lo asustada que estaba, y que encontró la tarjeta de visita de una vidente en su ejemplar de *Rebeca* y acudió a ella, desesperada, en busca de ayuda... imagina el sentimiento de culpabilidad. Su hijo estará muerto porque a él se le antojó una paja. Su mujer se habrá visto obligada a defender a su familia y a matar porque él pagó para que le hicieran una paja. Entre el horror y la culpabilidad, nunca se verá capaz de compensarla lo suficiente. Que es justo lo que ella pretende.

—¿Así fue como me encontró? ¿Por mi tarjeta de visita?

—Susan encontró la tarjeta. Le resultó extraño. Sospechoso. A mi padre le encantan las historias de fantasmas, pero no hay en el mundo mayor escéptico que él. Jamás se le ocurriría consultar a una adivina. A menos... que no fuera realmente una adivina. Le siguió. Pidió cita. Y entonces saliste del cuarto trasero con su ejemplar de *La dama de blanco* entre las manos. Y lo supo.

—Y todo esto te lo ha contado ella.

—Al principio me lo tomé como un halago —dijo—. Después comprendí que solo pretendía despistarme. Me contó su plan de matarte para que no me diera cuenta de que yo también iba a morir.

—¿Por qué no limitarse a pegarme un tiro una noche cualquiera en un callejón?

—Porque entonces mi padre no sufriría las consecuencias. ¿Y si alguien la viera? No. Quiere matarte aquí, donde a todos los efectos ella parecerá la víctima. En realidad es la manera más simple de hacerlo. Así que se inventó toda esa historia de la casa encantada para atraerte hasta aquí. La Mansión Carterhook, qué miedo...

—Pero ¿y los Carterhook? He leído sobre ellos en internet.

—Los Carterhook son una ficción. Quiero decir, existieron en realidad, supongo, pero no murieron como tú crees.

—¡He leído sobre ellos!

—Has leído sobre ellos porque ella escribió sobre ellos. Estamos hablando de internet. ¿Acaso no sabes lo fácil que es crear una página web? ¿Y luego crear varios enlaces a la misma para que la gente la encuentre y se la crea y la comparta desde sus respectivas páginas? Es extraordinariamente sencillo. Especialmente para alguien como Susan.

—Esa foto, parecía como si...

—¿No has estado nunca en un mercadillo? Hay montones de cajas de zapatos repletas de fotos viejas como esa, a dólar la unidad. No le resultaría muy difícil encontrar a un chaval que se pareciese a mí. Sobre todo cuando cuentas con una persona dispuesta a creer. Una pardilla. Como tú.

—¿El reguero de sangre en la pared?

—Solo es algo que ella te contó. Para crear ambiente. Sabía que te gustaban las historias de fantasmas. Quiso que vinieras y que creyeras. Le gusta joderle la cabeza a la gente. Quería que le ofrecieras tu amistad, que te preocuparas por ella, y luego... ¡bam! Que tuvieras ese momento de pánico al darte cuenta de que ibas a morir y que te habías dejado aterrorizar por el motivo que no era. Que tus sentidos te habían traicionado.

Me dedicó una sonrisa burlona.

—¿Quién le ha cortado la cola al gato?

—Es de raza manx, boba. No tienen cola. ¿Puedo responder al resto de las preguntas en tu coche? Preferiría no quedarme aquí esperando a morir.

—¿Quieres venir conmigo?

—Veamos: irme contigo o quedarme aquí y morir. Pues sí, me gustaría irme contigo. Susan probablemente haya terminado su llamada. Seguramente está al pie de las escaleras. Ya he descolgado la escalerilla de incendios de mi habitación.

Los tacones de Susan repiquetearon sobre el suelo del salón en dirección a las escaleras. Moviéndose con rapidez. Gritando mi nombre.

—Por favor, llévame contigo —dijo Miles—. Por favor. Solo hasta que mi padre vuelva a casa. Por favor, tengo mucho miedo.

—¿Qué pasa con Jack?

—A Jack le tiene aprecio. Solo quiere que desaparezcamos nosotros.

Las pisadas de Susan, ahora más apremiantes, más cercanas.

Huimos por la escalerilla de incendios. Fue bastante espectacular.

Estábamos en mi coche, alejándonos de allí, cuando me di cuenta de que no sabía adónde diablos me diri-

gía. El pálido rostro de Miles reflejaba los faros de los otros coches como una luna enfermiza. Pequeñas gotas brotaban de su frente, se deslizaban por sus mejillas y le caían por la barbilla.

—Llama a tu padre —dije.

—Está en África.

La lluvia golpeaba con un tamborileo metálico el techo del coche. Susan Burke (¡aquella gran artista del engaño!) me había infundido semejante terror a su casa que había dejado de lado la sensatez. Ahora podía pensar: una mujer de éxito se casa con un hombre adinerado. Tienen un hijo que es un encanto. La vida es maravillosa salvo por un detalle: el hijastro rarito. Me creía lo que había dicho Susan de que Miles siempre la había tratado con frialdad. También estoy convencida de que ella lo trató a él con la misma frialdad. Estoy convencida de que intentó librarse de Miles desde el primer momento. Una persona tan calculadora como Susan Burke no querría criar al hijo arisco y rarito de otra mujer. Susan y Mike hacen lo que pueden por llevarse bien, pero pronto la crueldad de ella hacia su primogénito comienza a infectar la relación. Él se distancia de ella. Su mero roce le produce escalofríos. Acude a mí. Y empieza a verme con regularidad. Gracias a los libros, tenemos lo justo en común para que se convenza ilusamente de que está viviendo algún tipo de relación. Su matrimonio con Susan continúa desmoronándose. La abandona. Deja a Miles en casa porque tiene que viajar al extranjero por trabajo; tan pronto como regrese, arreglará las cosas. (Esto era pura especulación, pero el Mike que yo conocía, el que se echaba a reír cuando se corría, parecía la clase de hombre que se encargaría de recuperar a su hijo.) Por desgracia, Susan descubre su secreto y me culpa a mí de la destrucción de su matrimonio. Imaginaos su furia al pensar en una vulgar mujerzuela como yo manoseando a su marido. Y ahora se veía cargando con un niño siniestro al que odiaba y una casa que no le gustaba. ¿Cómo resolver el problema? Comienza a conspirar. Me atrae con un reclamo. Miles me advierte a su manera elíptica, divirtiéndose conmigo, disfrutando en un primer momento con el juego. Susan les cuenta a los vecinos alguna milonga —que estoy allí para ayudar al pobrecito Miles—, para asegurarse de que, cuando la verdad salga a la luz —que soy una exprostituta y actualmente una estafadora—, todos la consideren desdichada, patética, digna de lástima. Mientras que yo pareceré un ser malvado. Es la manera perfecta de cometer un asesinato.

Miles me miró con su enorme cara de luna y sonrió.

—Sabes que ahora eres básicamente una secuestradora —dijo.

—Supongo que deberíamos acudir a la policía.

—Lo que tenemos que hacer es conducir hasta Chattanooga, Tennessee —replicó con cierta impaciencia, como si yo me estuviera echando atrás de un plan largo tiempo establecido—. El Bloodwillow se celebra allí este año. Casi siempre suele ser en otros países. Es la primera vez que vuelve a Estados Unidos desde 1978.

—No tengo ni idea de qué me estás hablando.

—Pues de la convención sobre lo sobrenatural más importante del mundo. Susan me dijo que no podía ir. Así que tendrás que llevarme tú. Pensé que te encantaría, con lo que te gustan las historias de fantasmas. Si giras a la izquierda pasado el tercer semáforo, encontrarás la autopista.

—No pienso llevarte a Chattanooga.

—Más te vale. Ahora estoy yo al mando.

—Lo que estás es delirando, chaval.

—Y tú eres una ladrona y una secuestradora.

—No soy ni lo uno ni lo otro.

—Susan no ha llamado a emergencias porque fuera a matarte. —Miles se echó a reír—. Ha llamado porque le he dicho que te había pillado robando. Lleva algún tiempo echando en falta joyas, ¿sabes? —Se palmeó los bolsillos de la chaqueta. Oí un tintineo en su interior—. A estas alturas, habrá vuelto a la biblioteca para descubrir que su perturbado hijastro ha sido secuestrado por una prostituta vidente y ladrona. De modo que tendremos que pasar desapercibidos unos cuantos días. Pero no pasa nada, porque el Bloodwillow no empieza hasta el jueves.

—Susan quería matarme porque descubrió lo mío con tu padre.

—Puedes decir «pajas», ¿sabes? No me ofende.

—Susan lo descubrió.

—Susan no descubrió nada. Para ser tan inteligente es increíblemente idiota. Fui yo quien lo averiguó.

Continuamente le estoy cogiendo libros prestados a mi padre. Fui yo quien encontró tu tarjeta de visita, yo quien vio tus notas apuntadas en los márgenes. Yo quien se acercó a curiosear en tu trabajo y lo descubrió todo. Parte de lo que te contó Susan es cierto: le parezco un bicho raro. Cuando nos mudamos aquí (después de que le dijera que no quería, le dejé muy claro que no quería), empecé a provocar sucesos en la casa. Solo para joderla a ella. Fui yo quien creó la página web. Yo. Yo quien se inventó la historia de los Carterhook. Yo quien envió a Susan en tu busca, solo para ver si por fin se caía del condenado guindo y nos dejaba en paz. No fue así. Lo que hizo fue dejarse engatusar por tus chorradas.

—Entonces Susan estaba contando la verdad, sobre las cosas aterradoras que ocurrían en la casa. ¿De verdad amenazaste con matar a tu hermano?

—Que me creyese dice más sobre ella que sobre mí.

—¿De verdad empujaste a tu canguro por las escaleras?

—Por favor, simplemente se cayó. No soy violento, solo soy listo.

—¿Y el día que vomitaste en mi bolso y tuviste un ataque en la planta de arriba y encontramos el muñeco colgando del aplique?

—El vómito fue cosa mía, porque no me estabas haciendo caso. Seguías sin marcharte. Lo del muñeco, también. Y también lo de la punta de cuchilla de afeitar clavada en el suelo con la que te cortaste el dedo. De hecho, es una idea inspirada en antiguas tácticas bélicas romanas. ¿Has leído algo sobre...?

—No. ¿Y todo aquel griterío? Parecías realmente furioso.

—Oh, aquello fue real. Susan había cortado por la mitad mi tarjeta de crédito y había dejado los pedazos encima de mi mesa. Intentaba dejarme sin recursos para tenerme encerrado. Pero entonces comprendí que tú eras mi salida de esa ridícula casa. En realidad necesito a un adulto para hacer prácticamente cualquier cosa: conducir, reservar habitaciones de hotel... Soy demasiado canijo para mi edad. Tengo quince años, pero parece que tenga doce. Necesitaba a alguien como tú para moverme con libertad. Lo único que debía hacer era lograr que me sacaras de la casa y entonces te tendría pillada. Porque sabes muy bien que no puedes acudir a la policía. Supongo que alguien como tú debe de tener antecedentes.

Miles tenía razón. Las personas como yo nunca acudimos a la policía, jamás, porque las cosas nunca acaban bien para nosotras.

—Gira aquí, a la izquierda, para salir a la autopista —dijo.

Giré a la izquierda.

Repasé su historia, le di mil vueltas y la examiné desde todos los ángulos. «Espera, espera.»

—Espera. Susan dice que le cortaste la cola al gato. Tú me has dicho que era de raza manx...

Miles sonrió.

—¡Ja! Bien visto. En tal caso, uno de los dos está mintiendo. Supongo que tendrás que decidir cuál de las dos versiones prefieres creer. ¿Quieres creer que Susan está completamente pirada o que el pirado soy yo? ¿Cuál de las dos teorías te haría sentir más cómoda? Al principio me pareció mejor que creyeras que Susan era la loca, que sentirías simpatía por mi complicada situación y que nos haríamos amigos. Coleguitas de viaje. Pero luego pensé: quizá todo irá mejor si crees que yo soy el malo. Quizá en ese caso no te costaría tanto entender que el que manda aquí soy yo... Bueno, ¿qué piensas?

Conduje en silencio mientras ponderaba mis opciones.

Miles me interrumpió.

—A ver, creo con toda sinceridad que esta es una situación en la que todos salimos ganando. Si Susan está pirada y quería librarse de nosotros, lo ha conseguido.

—¿Qué le dirá a tu padre cuando vuelva a casa?

—Eso depende de qué versión de la historia quieras creer.

—¿Está siquiera en África?

—No creo que mi padre sea un factor del que debas preocuparte a la hora de tomar una decisión.

—Vale. Pero ¿qué pasa si el que está pirado eres tú, Miles? Tu madre nos echará a la policía encima.

—Para en esa explanada, junto a la iglesia.

Lo miré de arriba abajo, buscando un arma. No quería acabar mis días como un cuerpo arrojado en el aparcamiento de una iglesia abandonada.

—Hazlo y punto, ¿vale? —dijo bruscamente Miles.

Salí de la carretera y entré en el aparcamiento de una iglesia tapiada con tablones. Miles bajó de un salto a la lluvia y subió corriendo las escaleras para protegerse bajo los aleros. Sacó el móvil de su chaqueta e hizo una llamada, dándome la espalda. Estuvo al teléfono un minuto. Después lo tiró al suelo, lo pisoteó varias veces y regresó corriendo al coche. Desprendía un olor perturbadoramente primaveral.

—Vale, acabo de llamar a mi muy alterada madrastra. Le he dicho que tú me habías acojonado, y que como estoy harto de la mansión y de tener que soportar sus rarezas, como su costumbre de meter a gente indeseable en casa, me he marchado para quedarme con mi padre. Acaba de volver de África, así que puedo quedarme en su casa. Susan nunca llama a mi padre.

Y como había destrozado el móvil, no podía comprobar si de verdad había llamado a Susan o si se estaba quedando conmigo otra vez.

—¿Y qué le dirás a tu padre?

—Déjame recordarte que, cuando tienes unos padres que se odian mutuamente y que se pasan la vida trabajando o viajando, y que en realidad preferirían perderte de vista, puedes decir un montón de cosas. Tienes cantidad de margen para maniobrar. Así que no tienes de qué preocuparte. Vuelve a salir a la autopista y a unas tres horas de aquí llegaremos a un motel. Con televisión por cable y restaurante.

Me incorporé de nuevo a la autopista. El chaval era más astuto a los quince años que yo con el doble de su edad. Estaba empezando a pensar que todo aquel rollo de ir de legal, ser benevolente y pensar en los demás tenía «más mierda que el palo de un gallinero». Estaba empezando a pensar que aquel chaval podría ser un buen socio. Aquel adolescente diminuto necesitaba a un adulto para moverse por el mundo, y no había nada más útil para una estafadora que un pequeño gran estafador. «¿A qué te dedicas?», me preguntaría la gente, y yo contestaría: «Soy madre». Pensad en todo lo que podría lograr, en todos los timos que podría llevar a cabo, si la gente se pensaba que era una dulce y encantadora «mamá».

Además, aquello de la convención Bloodwillow sonaba muy apetecible.

Llegamos al motel tres horas más tarde, tal como Miles había previsto. Pedimos dos habitaciones contiguas.

—Que descanses —dijo Miles—. Ni se te ocurra desaparecer en plena noche, o llamaré a la policía y volveré a la historia del secuestro. Te prometo que es la última vez que te amenazo, no quiero portarme como un capullo. ¡Pero tenemos que llegar a Chattanooga! Nos lo vamos a pasar en grande, te lo juro. Aún no me acabo de creer que vaya a ir. ¡Llevo soñando con ello desde los siete años!

Hizo un extraño bailecito para mostrar su entusiasmo y entró en su habitación.

El chaval resultaba simpático. Era posiblemente un sociópata, pero muy simpático. Me daba buen rollo. Viajaba en compañía de un chico listo hacia un lugar en el que todo el mundo querría hablar sobre libros. Finalmente iba a salir de la ciudad por primera vez en mi vida y tenía todo aquel enfoque nuevo de la «mami» por explotar. Decidí no preocuparme. Puede que jamás llegue a averiguar la verdad sobre los sucesos acontecidos en la Mansión Carterhook (qué buena frase, ¿verdad?). Pero o estaba jodida o no lo estaba, de modo que elegí creer lo segundo. En el transcurso de mi vida había conseguido convencer a mucha gente de muchas cosas, pero esta iba a ser mi mayor hazaña: convencerme a mí misma de que lo que estaba haciendo era razonable. No decente, sino razonable.

Me metí en la cama y observé la puerta del cuarto contiguo. Comprobé que la llave estuviera bien echada. Apagué la luz. Miré fijamente el techo. Miré fijamente la puerta.

Empujé la cómoda hasta colocarla delante de la puerta.

Absolutamente nada de lo que preocuparse.

Gracias a George R. R. Martin, que me pidió que le escribiera un relato.

31901064370648